AF554729

L'Eglise,

Noblesse et Pourete,

qui font la lesiue.

MORALITE NOUUELLE A TROYS PERSONNAGES,

C'est a sçauoir :

L'Eglise,
Noblesse,
Pourete.

Se vend place du Louure,
chez Techener, Libraire.

TIRÉ A SOIXANTE ET SEIZE EXEMPLAIRES.

N°

Paris, Typ. A. Pinard, quai Voltaire, 15.

L'Eglise,

Noblesse et Pourete,

MORALITE A .III. PERSONNAGES.

L'Eglife commence en chantant.

C'eft a ce ioly moys de may
Que toute choffe renouuelle,
Que ie le vous prefente, belle,
Entierement le coeur de moy;
C'eft moy, c'eft moy qui fuys la mere Eglife;
C'eftmoy,c'eftmoy qui faictz feule a ma guife :
Ie saulue & damne a mon intention;
Religion eft defoubtz moy commife,
Ipochrifie aueq papelardise,
Verite, foy aueq ambition,
Puys i'ey apres fymonie en deuise,
Soubtz femblant de grand deuotion.

Nobleffe.

C'eft moy qui fuys nobleffe la grand dame,
Qui n'ay iamais foulcy ne crainte de ame;

Soyt bien, soyt mal, comme il me plaist est faict;
C'est moy, c'est moy que coeur mondain enflame,
C'est moy qui faictz alumer feu & flamme;
Puys quant ie veulx tout soudain est deffaict.

Pourete.

C'est moy qui suys pourete simple et fresle;
C'est moy en qui famine, deuil se mesle,
Soulcy, trauail et desolation.
S'ebaist-on, sy suys deffaicte & gresle;
La pluye & vent, la tempeste & la gresle
Ne font tousiours en consolation.

L'Eglise.

Puys qu'entre vous suys en conuention
Pour blanchir linge en nature pasiue,
Mesmes ausy pour la subuention
De tous noz trois faisons une lesiue.

Noblesse.

Je le veulx bien.

Pourete.

Ie ne suys poinct trop retiue.
Ie feray tout ce que bon semblera.

L'Eglise.

Religion drapeaulx asemblera,
Par fainct semblant et par papelardise;
Ambition le linge baillera;

Pareillement la lefiue afera.
I'efchangeray auecques symonye;
Et verite auecques foy teurdera;
Ypocrifie en tout temps versera;
Auarice le feu alumera :
Ceulx la feront tous de ma compaignye.

Nobleffe.

Ceulx feruiront dont i'ey la feygneurye.
Premier richefe et faueur laueront;
Moy ie baftray foyt d'aual ou d'amont,
Et fole amour le linge fechera;
Dame iuftice aucune foys plira;
Rapine apres le linge ferera.

Pourete.

Sy font donc tout de rien ne feruiray;
Moy, f'il vous plaift, dame, ie fecheray.

Nobleffe.

Tu etendera; c'eft pour toy bien affes.

Pourete.

D'eftendre, helas ! i'ey les bras tous cafes.
I'ey pretendu eftendre & entens,
I'ey entendu, atendu & atens,
Et fy pour vray nul choffe on ne me baille.

L'Eglife.

Tu eftendra toufiours, vaille que vaille.

Prens ce baſton afin de bien loing tendre.

Pourete.

Helas! helas! on m'a faict tant eſtendre
Que i'ey la chair qui fuſt tres chere & tendre,
Paſle & deſaicte, & mes membres rompus;
Mes os ne ſont pas a demy repus.
D'eſtendre trop alonges ſont mes bras.

Nobleſſe.

Tu eſtendra chemiſſes, napes, draps;
Apres viendra force pour tout ſerrer.

Pourete.

Par force ſuys presque au deſeſperer.
Long temps y a que par force n'ay rien;
Par force i'ey deſpendu tout mon bien;
Force iadis m'a du tout mis au bas.

L'Egliſe.

Il eſt grand temps metre la cuue bas.

Nobleſſe.

Il eſt grand temps de prendre mon baſteur.

L'Egliſe.

Pour affouuir noſtre oeuure ſans debas,
Il eſt grand temps metre la cuue bas.

Pourete.

D'eſtendre, helas! n'y treuue nus eſbas;
Mais i'eſtendray en attendant bonheur.

L'Eglife.

Il eft grand temps metre la cuue bas.

Nobleffe.

Il eft grand temps de prendre mon bafteur.

Pourete.

Que de drapeaulx, vray Dieu, mon createur,
Qu'efchanger voy a l'eglife a prefent.

L'Eglife.

Ce font drapeaulx dont l'on m'a faict prefent

Nobleffe.

Qui eft ce linge ainfy fouille?

L'Eglife.

Symonye me l'a baille
Au change de deulx grans cheuaulx.

Nobleffe.

Qui font ces deulx aultres drapeaulx
Tant remplys de polution?

L'Eglife.

Ie les prins en religion,
Changeant prieure en chapelle.

Nobleffe.

Et comment effe qu'on apelle
Ce linge a double croys merche?

L'Eglife.

C'eft celuy d'vn archeuefche,

Que i'ay paye argent comptant.

Pourete.

L'eglife, changes m'en autant.

L'Eglife.

As tu amys ou force argent?

Pourete.

De cela ie suys indigent,
Mais plaine fuys de grand fcauoir.

L'Eglife.

Sans argent on n'en peult auoir.

Pourete.

Qui est ce linge, quant g'y pense?

L'Eglife.

C'eft d'vn qui l'a eu pour difpence
D'vn monfieur faifant fa defpense.

Pourete.

Vrayment c'eft d'vn affes beau linge.
Scauoyt il rien?

L'Eglife.

Non plus c'vn finge.
Fors qu'il aloyt aucune foys
Acheter des febues, des poys,
De la chair, du lard, des naveaulx;
Par foys y penfoyt les cheuaulx
Dont monfieur eftoyt fecouru.

Pourete.

Ainſy ſoublz vous tout eſt pourueu
Qui ne ſeroyt que dire en chaire.

L'Egliſe.

Que ſ'enſuyt.

Pourete.

Ie ne me puys taire.

L'Egliſe.

Raiſon pour quoy ?

Pourete.

Pour ce que l'on faict au contraire
De ce que l'on ne deuſt point faire.

L'Egliſe.

Au temps preſent y ſe faut taire,
Si on ne veult eſtre mis au baſaq.

Pourete.

Religion, aſemble en vn grand ſaq
Force drapeaulx soublz faindre verite;
Et pour emplir de bribes son bisaq,
Blaſme auarice & preſche charite.
L'egliſe eſchange en grand auctorite
Linge sacre et le porte par fais
Petits aſnons et grans aſnes parfais.
Religion, ypocrite en ſes fais,
Papelardant deſoublz voix ſaincte tremble.

Dont pour nourir moynes gras et refais,

Religion en tous pays afemble,
Soublz chafte habit, fon bien luxurieulx.
De trop ieuner y font peu amefgris;
Mais d'afembler font toufiours curieulx;
Dedans leur cloiftre y font tant envieulx,
Que a grand peine eft cordelier, iacopin,
Qui n'ayt enuie a carme ou augustin.
Sy differens ils font leurs habis,
Trop moins en coeur l'un a l'autre refemble,
Pour atraper foyt du blanc ou du bis.
Religion en tous pays afemble

Soyt orge, ble, auoyne, febues & poys,
Fil, chanure, lin, gerbes, pomes & noys,
Beure, formage, ongnons, aulx & poreaulx;
De toute choffe empliront leurs fardeaulx ;
Puys quant ils font venus prefcher des champs,
De tout apres vendent comme marchans;
Difant qu'ils ont gaigne cela gratis.
Puys vont, in camera caritatis,
Boyre d'autant bon vin, bon ne leur semble
Pour afouvir leurs trop grans apetis.
Religion en tous pays afemble.

Enuoy.

Grand merueille est quant moynes valent rien;
Ie ne dis pas qui n'en soyt gens de bien;
Mais c'est le moingtz ainsi comme il me semble,
Iamais ne vont sors la ou on dict tien;
Car, pour afin d'auoir tousiours du bien,
Religion en tous pays asemble.

L'Eglise.

L'eglise suys, qui deschanger saictz rage;
Ie troche, vens, ie permute & atire;
Mere ie suys qui ses enfans oultrage;
Doulce leur suys, & puys ie les martire,
Au feu les mes, & puys ie les retire.
Courtoyse suys, puys tout a coup estrange;
Par quoy on peult de moy ce propos dire:
L'eglise atire, & en tirant eschange.

Le linge sainct ie charge, souile & gaste,
Et les deniers des poures ie despens;
Et le prelat par argent fais en haste.
Ie fais du mal, & puys ie m'en repens.
Du mort & vif iournelement ie prens;
Ce m'est tout vn, or, argent, linge & lange.
Ainsy sans cesse aulx veulx que i'entreprens,
L'eglise atire, & en tirant eschange.

De prieure, de cure & de chapelle,
Comme il me playſt, i'eſchange en ma guiſe.
I'ey le pouuoir, poinct on ne m'en repelle.
Ce m'eſt tout vns on en parle ou deuiſe.
Auarice auſy par conuoytise
Le feu alume & par rapine atise.
Ypocriſie eſt touſiours en mon change.
Pour amaſer avec papelardiſe,
L'egliſe atire, & en tirant eſchange.

Enuoy.

Prince, auarice en mon coeur se retire,
Iusque a piller le ble dedens la grange,
Qui a cause a maint homme de dire :
L'egliſe atire, & en tirant eſchange.

Ils chantent enſemble.

Puiſqu'a beſogner on se reigle,
Afin vn peu de nous deduyre,
Chantons quelque bon vaudeuire.
Ce n'eſt pas la guiſe de France.

Nobleſſe.

Depeſches vous bailles ſa linge ou lange.
Passe longtemps i'ey grand deſir de baſtre;
Ie ne veulx pas me souiler en la fange.
Leſſes le poure eſtendre & ſ'en debatre;
Car en batant ie ne me faict qu'eſbatre.

Aucq faueur & richeffe eftre j'ame :
Lors on dira me voyant tout abatre
Nobleffe bat fans eftre baftue dame.

Auec plaifir qui toute ioye engendre,
Sa gouuernante eft dame auctorite,
Qui veult tout veoir, tout fcauoir & entendre,
L'acompaignant de curiosite.
Sus le bon homme & faict piler & prendre,
Et bien fouuent faict partir du corps l'ame,
Sans contredict dont par trop entreprendre.
Nobleffe bat fans eftre baftue dame;

Nobleffe bat & combat damoyfelles,
Ioyeufement par amoureulx desir;
Et f'y ne veult choifir que des plus belles,
Pour demener ioye foulas & plaifir,
Et f'y le poure eft aulx champs a gefir,
Cherchant fecours, lors refpondra la dame:
Atens, atens, car tu as tout loifir.
Nobleffe bat fans eftre baftue dame.

Enuoy.

Prince, nobleffe a partout des feigneurs,
Prenant argent de tout, foyt d'homme ou femme,
Sur laboureurs & fur poures greigneurs.

Nobleſſe bat ſans eſtre baſtue, dame.

Pourete.

Nobleſſe bat ſans eſtre baſtue dame,
Au moins de moy qui ne m'en puys venger.
Sy ie m'en venge, en priſon, lieu infame,
Il me fera ſoubdainement loger.
Deuant mes yeulx ie voy guerre & famine;
Meme la mort que le corps ronge & mynre.
Apres ie voys l'egliſe qui m'opreſſe.
Nobleſſe auſy qui toujiours bat ſans ceſſe,
En me faiſant iournellement eſtendre,
Et sy ie faictz a iustice l'entendre,
Elle me dyra qu'aueq faueur ie plye.

L'Egliſe.

On voyt beau temps venir apres la pluye.
Pourete, prens vn peu de paſſetemps.
Sy ie paruiens a ce que ie pretemps,
Ie te feray eſtre au deſſus du vent.

Pourete.

On me repayt de promeſſe ſouuent;
Mais tout cela ne rent mais ſens content.

Nobleſſe.

Quoy reſpons tu? veulx tu mouuoir content.
Ie te commande en tout temps de te taire.
L'égliſe & moy laiſſe nous de tout faire.

N'ayes foucy fors que toufiours eftendre;
C'eft a l'eglife & a moy fur toy prendre,
Non pas a toy defus nous entreprendre.

L'Eglife.

Seigneurs qui veult noftre moral entendre,
Les gens de bien ne tendons acufer,
Ne le malfaict ne voulons excufer;
Mais feulement foublz moral cler et ample
Aucun poura y prendre bonne exemple
Et de malfaict en bien fe coriger.

Nobleffe.

Sus, pourete, y vous fault defloger.
Ie vous commande apporter mon baftoyer.

L'Eglife.

De tout ferer ie vous veulx defcharger.

Nobleffe.

Sus, pourete, y vous fault defloger.

Pourete.

Puyfqu'il vous playft ie m'envoys tout charger,
Mais pour le moins payes voftre porteur.

L'Eglife.

Sus, pourete, y vous fault defloger.

Nobleffe.

Ie vous commande d'aporter mon baftoir.

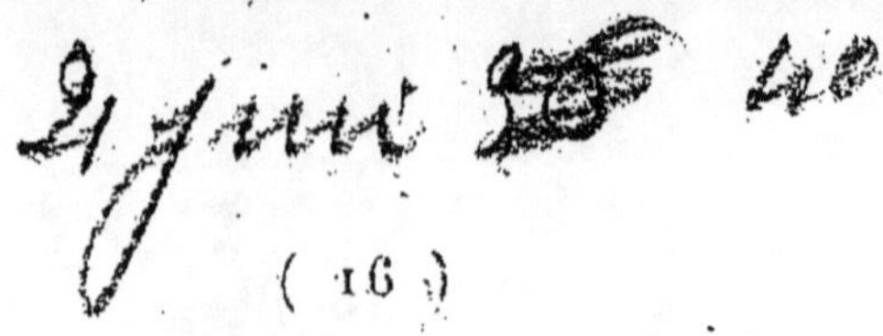

L'Eglise.

Tu es trop poure crocheteur,
Pour porter quelque benefice.

Pourete.

De vous n'aurai ge quelque office;
Suis ie payenne ou sarasine.

Noblesse.

A tu auras en tout suplice
Le brouet de nostre cuisine.

Pourete.

Ayes pitie de Pourete.

Noblesse.

Puisque tousiours as poure este,
De nos deulx porteras le faix
Sus l'eglise d'acors parfaix.
En partant de ceste maison
Disons deulx mos d'vne chanson.

FINIS.

Tome 1 (1-23.)

mq. Préface (1831)

1. La Fille bastelière.

5. Farce de l'arbaleste.

7. Le viel amoureux et le jeune amoureux.

17. La Reformeresse.

18. Sermon joyeux.

A conserver

www.ingramcontent.com/pod-product-compliance
Lightning Source LLC
LaVergne TN
LVHW020516230826
846091LV00008BA/3487

* 9 7 8 2 0 1 4 4 4 7 5 0 7 *